Para los caminantes invisibles
que atraviesan los países — JB

Groundwood Books / House of Anansi Press
groundwoodbooks.com

With the participation of the Government of Canada
Avec la participation du gouvernement du Canada   Canadä

Library and Archives Canada Cataloguing in Publication
Buitrago, Jairo, author
Dos conejos blancos / Jairo Buitrago ; ilustrado por Rafael Yockteng.
Issued in print and electronic formats.
ISBN 978-1-55498-903-4 (bound).—ISBN 978-1-55498-904-1 (pdf)
I. Yockteng, Rafael, illustrator II. Title.
PZ7.B8857Co 2016   j863'.7   C2015-908415-6
C2015-908416-4

Las ilustraciones fueron creadas digitalmente.
Diseño de Michael Solomon
Impreso y encuadernado en Malasia

FSC
www.fsc.org
MIX
Paper from
responsible sources
FSC® C012700

Dos conejos blancos

Jairo Buitrago

Ilustraciones de
Rafael Yockteng

Groundwood Books
House of Anansi Press
Toronto   Berkeley

CUANDO viajamos,
yo cuento lo que veo.

Cinco vacas, cuatro gallinas y un chucho, como les dice mi papá.

Un burrito aburrido, y cincuenta
pájaros en el cielo.

Cuando viajamos, cuento la gente
que vive en la carrilera.

—Hay gente –me dice papá–, que
vive en la carrilera.

Y si me canso, miro hacia arriba y cuento las nubes. Yo aprendí a contar hasta cien.

Y algunas tienen formas. Son cisnes, son árboles, son conejos.

También duermo cuando
viajamos, y sueño que
avanzo, que no me detengo.

Pero sí nos detenemos.
Porque quien nos lleva, no
siempre nos lleva hasta
donde vamos.

—¿Adónde vamos? –pregunto
a veces, y no me responden.

Esperamos al borde de la carretera. No viajamos más.

Y allí hay un niño. Lo cuento,
"uno"; no hay otro.

Papá trabaja mientras esperamos,
como casi todos los días.

El niño se queda conmigo. Contamos los autos que pasan, los perros que pasan, pero creo que él no sabe contar bien.

Le enseño mis nubes.
Las que tienen formas.

Y él me enseña su cajita: tiene dos conejos blancos.

Ya llega el camión que nos va a llevar. El niño y su abuela nos miran, como nos miran las personas que conocemos en la carretera.

—¡Adiós! –dice el niño y también su abuela, y me dan la cajita.

—¿Para dónde vamos? –vuelvo a
preguntar, pero no me responden.

A veces, cuando no duermo cuento las estrellas,
que son miles, como las personas.

Y cuento la luna que está sola. A veces
también veo soldados, que ya no cuento.
Son como cien.

Volvemos al camino. Y yo tengo
dos conejos blancos.

En este libro, un padre y su hija dejan atrás su casa y el mundo que conocen y aman, para irse a otro país. No sabemos por qué: tal vez sea porque el padre no consigue trabajo ni medios para mantener a su hija en su país, o porque el mundo de ellos ha sido destruido por la violencia, la guerra y otros peligros.

Pero sí sabemos que cada año, millones de personas en todo el mundo se convierten en refugiados. En Norteamérica, cerca de cien mil niños de Centroamérica emprenden un viaje tan peligroso como el que pueden ver aquí, buscando seguridad y una manera de sobrevivir en los Estados Unidos. Deben pagarle a gente conocida como coyotes, quienes supuestamente los ayudan en la travesía, pero que muchas veces sólo los traicionan y abandonan. Cuando al fin llegan a la frontera, los refugiados pueden ser devueltos a casa o arrestados. Muchos de los niños que llegan solos a los Estados Unidos, se encuentran en centros de detención americanos donde esperan conocer su suerte.

Los que tenemos una vida cómoda y segura, ¿qué les debemos a estas personas que no la tienen?

Patricia Aldana
Presidente, Fundación IBBY